骨肉

马小淘 著

长篇

天津出版传媒集团
百花文艺出版社

图书在版编目（CIP）数据

骨肉 / 马小淘著. -- 天津：百花文艺出版社，2021.1
（百花中篇小说丛书）
ISBN 978-7-5306-8055-1

Ⅰ. ①骨… Ⅱ. ①马… Ⅲ. ①中篇小说-中国-当代
Ⅳ. ①I247.5

中国版本图书馆 CIP 数据核字(2020)第 255910 号

骨肉
GUROU
马小淘　著

出 版 人：薛印胜　**选题策划**：汪惠仁
编辑统筹：徐福伟　**责任编辑**：齐红霞
装帧设计：任　彦
出版发行：百花文艺出版社
地址：天津市和平区西康路 35 号　**邮编**：300051
电话传真：+86-22-23332651（发行部）
+86-22-23332656（总编室）
+86-22-23332478（邮购部）
网址：http://www.baihuawenyi.com
印刷：山东临沂新华印刷物流集团有限责任公司
开本：700×980 毫米　1/32
字数：42 千字
印张：4
版次：2021 年 1 月第 1 版
印次：2021 年 1 月第 1 次印刷
定价：28.00元

如有印装质量问题，请与山东临沂新华印刷物流集团有限责任公司联系调换
地址：山东省临沂市高新技术产业开发区新华路 1 号
电话：(0539)2925659　邮编：276017

马小淘 / 作者

硕士毕业于中国传媒大学。十七岁出版随笔集《蓝色发带》。已出版长篇小说《飞走的是树，留下的是鸟》《慢慢爱》《琥珀爱》、小说集《章某某》《火星女孩的地球经历》、散文集《成长的烦恼》等。曾获“中国作家鄂尔多斯文学新人奖”、在场主义散文奖新锐奖、第四届西湖·中国新锐文学奖、储吉旺文学奖等奖项。

一

我十二岁那年，我妈妈和我亲生父亲私奔了。我知道这听起来好像一个颇具喜感的病句，好像二人转里那句——我只知道生我那天我妈没在家。这要是句玩笑倒好了，可是我妈真就那么潇洒地跑了。十二岁，被她和命运一起归纳成我人生的分水岭。从此，我从一个动辄唱着“请把我的歌带回你的家，请把你的微笑留下”的无知少女，变成满脸不苟言笑的早熟女生。后来我读大学时，一个室友一边谈起私奔的浪漫色彩一边做少女怀春状，我特想给她一嘴巴。私奔有什么浪漫的，私奔就是自私自利，自己酒池肉林，把别人扒光了扔到雪地里。

我记得那是个平凡的傍晚，爸爸骑着自行车接我放学，我们一路有一搭无一搭地聊着，没有电视剧里的诡异配乐提醒接下来会有节外生枝的情节发生。

妈妈不在家，屋里灯黑着。餐桌上早饭的碗筷没有收拾，小碟子里一块吃了一半的酱豆腐儿近风干，委屈巴巴地暗红着。碟子下边压了一张撕得参差不齐的牛皮纸，上边七扭八歪地写着：

张老师，我走了，先不带走张函，对不起。

没有落款，但显然是妈妈留下的。她走得太仓促，乍一看，那一行潦草的字迹简直如同涂鸦，压根儿不像一张离别的便签。最精彩的是，她可能是太着急了，写了一个错别字。我叫张涵，她写错了我的名字。

如果是侦探剧，大抵会有人依据这错误的名字嗅到蛛丝马迹，推测出这是妈妈刻意留下的线索，她是被胁迫的，故意写错女儿的名字，便于展开推理。然而，她没有这么缜密的心思，她只是跑路心切。

那一刻我觉得挺好笑，感觉逮住了妈妈的把柄，她随随便便写错了我的名字，下次她再批评我做题马虎，我要拿这个作为有力的还击。我没有清楚地意识到发生的到底是什么。这事是有点不寻常，但是好像也没什么大不了的。我妈本来就是嚣张任性天马行空的角色。所谓离别，是在一次次对那个傍晚的回忆中逐渐清晰的。

爸爸颓然地坐在餐桌旁。忽然很有点蔑视地

盯着我看。

“你不是我亲生的。”他有几分恶狠狠地说。

我不知道该接点什么，他一语道破的不是天机，对我来说却比天机更骇人。

“你妈，和你亲生爸爸跑了，我被甩了。”他接着说。

“那我呢？”

“看不出来吗？你也被甩了。还他妈甩给我了。”

“我会为你养老的，请别杀掉我。”我一时不知道该说点什么，还无师自通地学会了为生存担忧。

“你以为我缺人送终啊？你这种苟且劲儿真像你妈！”他朝我大喊。

“什么叫苟且？这个词我好像没学过。”

“苟且就是，为了活，过一天算一天，什么事都干得出来。”

“嗯，懂了。但是我妈她跑了，她没过一天算一天。我才是真苟且，我不跑。你对我动点恻隐之心吧。恻隐之心，我新学的。”

“我在你说这些废话之前已经动了，我是成年人，不跟没用的人清算。我现在没什么心情吃饭，也不想给你做饭。”他犹豫了一下，接着说，“其实，我现在不太想面对你，你回屋睡觉吧。明天还要上学。”

时间也就是下午五六点，这个人竟然让我回屋睡觉，但是我不敢反驳。我知道我妈疯了，他说的应该都是真的。

“晚安。那个，我以后还叫你爸爸吗？”

“你觉得呢？”

“晚安，爸爸。”

然后我就真洗漱上床假装睡觉了。事情发生得太突然了，我根本还没理清头绪，就被裹挟进了肃杀的氛围里。在此之前，爸爸说话的语气并不如此刻薄。他绝对是个慈父，在每一个该讲原则的瞬间都会板不住脸。妈妈说他一直以来的做派叫作惯子如杀子。当然，那时候我以为他是我亲爹，对我多好都是应该的。所以当我被通知，他不是亲爹的时候，我忽然意识到自己遭遇了什么。之前和美幸福的家，原来一直是个危机四伏的肥皂泡，两个大人彼此心知肚明，只有我一直活在假象里。我妈和我亲生父亲跑了，而我叫了十二年“爸爸”的人，和我没有血缘关系。我竟然是个非婚生子，身份不仅尴尬，简直还有点肮脏。现在他们不管不顾地跑了，还没带我。

爸爸让我上床睡觉，我根本不敢提出其他意见。我还是有些惶惶然，生怕他还没考虑清楚。对他来说，我就是个狼崽子，也可以算作仇人之女，留着我干吗？当人质？慢慢折磨？越想越觉得凶多吉少。或者他万一图痛快，明天一睁眼，我已然被他扔到垃圾箱里，或者被送到孤儿院了。反正送回姥姥家姥姥也不会要我的，我感觉她连我妈也不怎么喜欢，她心思都在我舅舅身上。平心而论，这些年最喜欢我的还真就是我爸爸，但他现在已经成了我养父，还是被我妈戴了顶硕大绿帽子的养父。我以后的日子能好过吗？就算他不会追究我，我也不好意思再像以前那样在家里又作又闹，要漂亮衣服，要高级钢笔了。我得像《鹤的报恩》那样，把自己的羽毛拔下来织到布里，报答养父的大恩大德。

我真是无家可归，被亲生母亲抛弃，又忽然多了个素未谋面的生父。这种凄楚的身世在武侠小说里大概更夸张，我可能还会被生父的仇人打下山崖，但是又会大难不死，很快在山崖下获得秘籍，最后还有可能不止一个侠客英雄无缘无故地爱上我，非要为我肝脑涂地。然而生活不是主角开挂的武侠小说，就算是，我也未必是生活的主角。我可能就是那种命不好，一直不好，到最后也没什么转机的配角。

我只是短暂地哭了哭。后续的眼泪要涌来时，我竟然劝住了自己。以前我只要一哭就停不下来，非要别人好言相劝或者赔礼道歉。这回我陡然明白了什么叫欲哭无泪，所谓一夜长大，真不用提前练习。真他妈时势造英雄。

第二天我起来做了早餐，其实也不能算做，

我就是把冰箱里的面包、果酱拿出来摆了摆，又冲了两碗芝麻糊。我收起了桌上那张边角参差的牛皮纸，我要永远记得那个错字。从前我根本起不来床，从来没用过闹钟，都是妈妈叫我，第一次只能叫醒两根手指。我会从被窝里伸出两根手指，哀求：再睡两分钟，就两分钟。

那一天我学会了用录音机定闹钟，以便早早出现在客厅。

爸爸起来看了一眼餐桌，又看了一眼我。

“少来这一套，除非坚持一辈子。”他说。

我放下手里的面包就回被窝了。我已经很难准确描述当时的心情了，愤怒、羞耻，还有点放心。我大概一直知道他其实是个君子，越表现得委曲求全只会显得自己更滑稽，不如就死猪不怕开水烫吧，应该不会被撵到大街上的。

二

我上学,他上班,我们像一对普通的单亲家庭的相依为命的父女。郁郁寡欢一点也是正常的,至少外人看来,我们这种有变故的家庭,总要有点垂头丧气才符合剧本:我妈抛夫弃女和野男人跑了,我和我爸都是受害者,我们一时半会儿还没法从打击中走出来。

爸爸以前也不是个话多的人,现在变得格外少了。他表达苦闷的方式也真没什么新鲜的——少说话,多喝酒。他的举止做派都和电视剧里那些被绿了的好人差不多,让我怀疑他到底是真想喝,还是在模仿那些人。

他依然每天接我放学。虽然那时候我大多数

的同学都自己回家,不用家长接了,但他没有提出不接了,我也不敢说,每天放学,他扶着自行车和一群低年级学生家长挤在一起,等我出来。有一天我甚至看到他在吃冰激凌,是那时刚刚流行起来的美登高,比小时候的冰棍儿卖得贵一些。车筐里放着一根,大概是留给我的,我走过去,他递给我。我们之间形成了某种别别扭扭的默契,可以不说话的时候就尽量不说。谁也没有通知谁,但是就这样仿佛一蹴而就地形成了,十二年的欢声笑语顷刻间灰飞烟灭。

他会在离家最近的商店买两瓶啤酒,也不多喝,但是和从前的不喝比起来,还是有借酒消愁的意思。有时候他做饭,我就跟着吃。有时候他懒得做,就给我两元钱,能买一个面包、一根火腿肠。

我绝对没有遭到任何虐待，也不是冷暴力。只是我们心情都不太好，或者说是非常不好，谁也不知道说点什么合适。好像彼此的伤口都还没有结痂，如果非要拥抱在一起，可能粘连，重新流出鲜血。淡漠、冷硬的气氛正搭配我们的心情，如实呈现痛苦比假装开心容易多了，毕竟我们在学校、单位多少都要做戏，表现出一切尽在掌握的勇气。

奶奶作为外围的当事者，表现得异常暴躁。她只要一看我俩就克制不住大骂我妈，一骂就停不下来，很多时候以哭声收场。她总是用重复的词语声讨妈妈，数落爸爸无能，说不知廉耻的儿媳妇和窝囊废儿子让她抬不起头来。一想到儿媳妇和人跑了，她就吃不下睡不着，好像最为这件事困扰、可能一生也走不出阴影的是她。我们因为不想反复面对她的愤怒，降低了去奶奶家的频率。

“奶奶知道我的真实身份吗？”一次从奶奶家回来，我问。

“你有什么身份不身份的？”

“你明白我的意思。”

“不知道。”

“一直不知道？”

“原来只有我和你妈知道，现在加上你，应该就三个人知道。不对，也许你亲爸也知道。”

“你就是我亲爸。”

“忠心不要表得太早，显得很虚伪。”

“你不告诉奶奶吗？”

“算了。让她多骂几句窝囊废也没什么不好意思的。她挺喜欢你的，这个让她知道了，比你妈跑了打击太多了。她本来也不喜欢你妈。告诉她对咱俩都没什么好处，不仅你，我也会更艰难。咱俩就忍辱负重吧，别给你奶奶添堵了。”

后来我每次见到奶奶都觉得特别鬼鬼祟祟。尤其是她刀子嘴豆腐心，比以往更勤地给我买新衣服穿。我知道她觉得我没妈可怜，比以往更怜惜我。可这一切的前提是，我是她亲孙女，我是她儿子的亲女儿。她不是没事瞎关心全世界，给没妈的孩子送温暖。她只关心她的一亩三分地，关心她孙女。而我其实是个冒牌货，哪怕我妈没跑，我也不是她亲孙女。揣着明白装糊涂，骗吃骗喝，我的心里并不舒服。

我们家的情形就像《红灯记》：

爹不是你的亲爹，奶奶也不是你的亲奶

奶……你姓陈，我姓李，你爹他姓张！

据爸爸说，我爹他姓刘，叫刘雨刚，和我妈青梅竹马，两家住得不远，是小学同学、初中同学。我妈高中毕业时，他已经进了工厂，因为游手好闲而小有名气。据说我姥姥顶看不上他，说他三岁看到老地没出息，一脸倒霉相。所以妈妈和他谈恋爱也是偷偷摸摸地，两人不到二十岁就眉来眼去，二十二岁出双入对，在工厂是一对引领潮流的“流氓”。这是爸爸的原话——一对引领潮流的“流氓”。搁在别人嘴里，可能是一对璧人，在他这儿被归类为一对“流氓”，也算合情合理。后来的岁月里，我发现了他对“流氓”这个词的偏好，几乎稍有点出格之举的，他都会以“流氓”两字相赠。说回我亲生父母，据说两人山盟海誓认定了彼此，我姥姥纵使一百个看不上刘雨刚，也架不住自己姑娘铁了心，也就睁一只眼闭一只眼了。可这时候我爸爸，也就是我养父杀出来了。我爸爸作为群众艺术馆的新职工，被派去我妈他们工厂体验生活。他从师大美术系毕业，彻底结束了画家梦，浑浑噩噩被分配到群众艺术馆，彼时正沉浸在无法实现理想的苦闷中。不过说实话，即使我对他充满敬仰，我也必须承认，他的画乏善可陈，无非就是一些中规中矩的临摹，和所谓的艺术毫不沾边。体验生活中唯一的亮点就是我妈了，爸爸说妈妈那时喜欢穿粉红、明黄、宝蓝、葡萄紫等等饱和度很高、存在感很强颜色的衣服，在当时的女工中并不多见。因为色彩的关系，她站在人群里永远是出挑的，当然，肯定更因为长得好看。一个美人如此张扬，才叫耀眼。

“我那时候刚看了部外国电影，叫《叶塞尼亚》，女主角是个美艳奔放的吉卜赛女郎。那气质和你妈妈太像了，热情、大胆、野路子，还有种娇憨，和周围其他的人不一样，尤其和学校里的女孩儿不一样。”爸爸如是说。

可能是受了这番言论的影响，后来我看到妈妈年轻时的照片，觉得一眼望去她就是个浪迹天涯的人。这种人不该被娶回家，她不是安居乐业的命。

“然后，你就频频示好，从刘雨刚那儿抢了我妈？”

“默默示了示。你妈肯定能感觉，她一看就是心思不往正地方使，对男女的事却非常敏感。我心里清楚她肯定看不上我，而且人家已经有了男朋友，我还硬往上冲就显得不太道德了。”

也不能算是卧薪尝胆，反正在工厂体验生活半年，本就要天天去上班。然后就不知道是劫还是缘地赶上刘雨刚出事了，他偷了车间的配件拿去卖，尝到几次甜头就变得越发大胆了，多次铤而走险，终于被逮了个正着，直接就被开除了。那时候正赶上“严打”，刘雨刚怕开除还不算完，再被抓进去蹲个十年八年，越想越害怕，就跑路了。在那个街口看公用电话的王大妈帮喊一下，没有手机、寻呼机，没有网络的年代，好像没来得及和我妈告别也是合理的。于是，骑着自行车下班的我爸，碰到了在长椅上哭的我妈。他劝了一会儿，把我妈送回了家。这一送不要紧，立马就被我姥姥盯上了，一个一看便知是知识分子的纯良小伙子，还在群众艺术馆搞绘画，不知道比偷东西被开除的刘雨刚强了多少倍。我姥姥对我爸异常殷勤，再加上刘雨刚的消失，我爸备受鼓舞，仿佛看到了某种希望。

而真正促成我爸妈结合的，其实是我。这时候我已经悄悄来到了人世，静静藏在我妈的肚子里。很荒诞的是，恰恰是我的到来，把我妈推向了不是我亲爸的男人。

“刘雨刚跑的时候知道我妈怀孕了吗？”

“这很重要吗？”

“当然重要了。知道不知道能决定他是臭不要脸还是不要脸。”

“他好像知道，你妈告诉他了。”

“真他妈不是个东西。”

“不要轻易说脏话。你是个女孩儿。”

这是几年后我通过断断续续的谈话梳理出的他们“三小无猜”的故事。时间的流逝终于使我们可以越来越平静地谈论那个离开的女人，我也终于解开了好奇，我怎么可能另有生父。他们结婚十二年，我十二岁，而我却是其他人的孩子。原来，用现在的话说，我爸就是备胎、接盘侠、喜当爹。由于我的迅速壮大，他俩闪婚了。在这桩看似郎才女貌、速战速决的婚姻中，我爸飞快地成了一个神不知鬼不觉的后爹。我想起电视剧里夫妇不和时，总有那么句台词——孩子是无辜的。我太讨厌这句台词了——废话，我当然是无辜的。可是我好像又不太无辜，因为我来了，我妈才火速嫁给了我爸。

“你从一开始就知道，我是刘雨刚的？”

“知道。你妈这点倒是磊落的，我追她，她就告诉我她怀了刘雨刚的孩子。我怀疑她和我结婚主要就是为了合理合法生下你。她掌握着全部的主动权，利用了我对她的迷恋。你妈妈就是那个工厂的巨星，她在那儿虽然是个工人，却比厂长得到的爱还多。我相信若不是我，还会有别人愿意。所以即使在那个时候，她的姿态也没低过。”

“你难受吗？”

“说实话，我有点记不得年轻的自己是怎么想的了，好像也痛苦过，但更多是一种幸福，我为了得到你妈而感到由衷的幸福。更重要的不是婚姻，而是美。劳特累克说过：美丽女人的曼妙身姿并非为爱而生，它太精致了。”

“谁？”

“我喜欢的法国画家。你别打断我，我要说的是，我被你妈妈的美折服了。她爱不爱我不那么重要，我为自己可以合法地、近距离地欣赏她的美而满足。尤其是你出生的瞬间，我觉得你就是我的孩子,我甚至觉得你长得像我。人要是渴望活在假象里,有一丝一毫的可能,他也不想戳破。我一度觉得,你妈妈可能已经爱上我了,你抱着娃娃跑来跑去,她边嗑瓜子边看电视,周末带着你去公园转转,没什么太新鲜的,平顺、踏实,我觉得这就是我想要的全部。直到你亲生父亲回来了,我察觉到你妈神不守舍,电视照样看,饭照样做,但是我能感觉到她微妙的紧张。她甚至开始像刚认识时那样,不由自主地管我叫张老师,我知道一定发生了什么。”

“你知道?”

“我没料到是刘雨刚阴魂不散,我以为是你妈外边有了别的什么人。结果我一问,她就说了,是刘雨刚。我真是五雷轰顶,你们完完整整一家人都凑齐了,我这位置不是一般的尴尬啊!因为你也是他的,我好像连打他都不合适。你妈也不是完全不痛苦,她两边跑,但是她对咱俩都还可以,请原谅我按驻地划分,把你归为我这伙。我都知道的,事情就是这么棘手,我得装君子啊!我也是太自信了,觉得十几年过去了,我们虽然过得不能算恩爱,但也至少是和谐的,这么安逸,这是谁也舍不下的。我还鼓励她,说忠于自己的心,人是可以爱两个人的。可是她自己坚持不下去,她说她太难受,决定舍弃一个。没想到她那么果断,舍的是我,还没怎么犹豫。出局的是我!我细想这还真有点不对,虽然道德是可以超越的,但法律还是顾忌顾忌得好。我们是合法夫妻呀,我是受保护的那个,她按先来后到,那可是街道大妈的逻辑啊!”

三

我学习成绩特别好,因为心里装着低人一等的秘密，我知道我必须要成为学业上的佼佼者。唯有所谓优秀,才能掩盖某些先天不足,我的身世已经是一个巨大的失败,我只能在能掌控的部分赢回一分。至少我希望,开家长会的时候,爸爸可以感到一丝骄傲。这个原本和他毫不相干的乱七八糟的孩子,吃他的,喝他的,能让他有一刻觉得值得。

小学毕业后,我和爸爸搬离了那个邻里邻居鸡犬相闻的家属区,住进了商品房。爸爸虽然无缘成为大画家,但是画点油画把家境搞到殷实一点还是可以的。我是非常雀跃地搬家的,毕竟作为那条街的重点保护对象，我始终无法以昂首挺胸的姿态出现。连号称格外古怪乖张的自行车车棚看车大爷都对我格外关照，别人存车他正眼都不看，我和我爸一去，他总是关切地问，晚上吃点什么啊？两个人的晚饭不好弄啊。干吗老强调两个人，您这儿还一个人呢！商品房的好处就是永远不需要和邻居社交，再也没有人以过度关切的目光看我了，我知道大家都是好意，但是那些悲悯的目光好像是一种提醒——你妈和别人跑了。而这提醒每次都会触动更不为人知的部分，不仅是跑了，她还是和我亲爸跑的呢。有时候我觉得，邻居们的好意也带着某种站着说话不腰疼的成分，立场正确地看别人家的笑话，只要掩饰好猎奇，假装悲悯就好了。

随着远离旧环境，伤口也在慢慢愈合。我与

爸爸除了那些简明扼要的对话，也会有许多其实没什么特别却意趣盎然的瞬间，我们越来越像一对真正的、毫无可疑之处的父女。我初中的班主任姓熊，报到的第一天我看到长得怒气冲冲的熊老师，第一次觉得有人能和自己的姓氏如此匹配。回家我与爸爸提起，他兴致勃勃和我说起很多可以做姓氏的动物名，比如马、牛、虎、鹿、燕、龙、骆，甚至我们翻起了字典，查了猫、驴、鸭、猪等等，竟然发现鸡和狐也是可以做姓氏的。从来没遇到过姓这俩姓的人，鸡小姐、狐先生，哈哈，听着好像有什么别的意思似的。他也经常带我去公园、游乐场，我被指挥着在各种景点到此一游、笑对镜头。那时候相机还是胶卷的，一卷二十多元，才三十几张，拍完还要拿去冲洗，挺金贵的。洗出来要是哪张闭了眼睛，他还要怪我浪费钱。

“下次别照了,我不怎么喜欢照相。”

“你这是像谁啊?你妈最喜欢照相了。下次你好好配合配合,省得有人说我苛待你,有照片为证。”

“我当然是像你了。”

这中间我妈回来过一次，大概是我十四岁时,她回来和我爸办了离婚手续。据说民政局周六周日不办公,所以她是工作日回来的,只停留了一天。而那天我正上学,回家后发现床上放了两件新外套、一件新马甲。非常明艳的粉色和黄色,它们无一例外都小了。我偷偷试了试,腋下非常紧,不及时脱下来可能会撑变形。看来,我真是比她想象得顽强,在没有母爱的地方,我成长的速度已经超出了她的预测。爸爸问:“三件衣服是送给姑姑家的妹妹还是要留着做个纪念?”我反问:“有什么可纪念的呢?”他还是默默留下了一件,收在了我衣柜最下边。

那时候我已经开始来例假了。我还记得初潮的情景。有天早晨我正在刷牙,爸爸欲言又止地出现在门口,他咬了咬下嘴唇说:“你看看你内裤上有没有血?”说完转身退到了客厅。

我狐疑地脱下内裤,真有血。我意识到自己是来了生理健康课本上讲的月经。

“怎么办?”

“我去买。”

我回到卧室,发现床单上有血,爸爸一定是看到了床单,推测出了我的情况。

彼时女孩儿都很回避这个话题,生理健康课上老师讲到月经,大家都讳莫如深,有的还做出夸张的懵懂,都急着和月经划清界限,一副谁也没发育那么早的奇怪模样。

“所以这个东西要多长时间一换?”我指着卫生巾问爸爸。

“具体我也不知道,可能几个小时吧。”

“能坚持一天吗? 我不想在学校换被同学看见。”

“又不是在操场换,你在厕所弄谁能看见?”

“我们学校厕所是开放式的,没有门。”

“你等会儿,我打电话问问你姑姑。”爸爸犹豫了一下,“你自己打电话问问你姑姑呗……算了,还是我打吧。”

那是个没有网络的时代, 现在不成问题的事,都要颇费一番脑筋。和姑姑通完电话,他说中午去学校接我吃饭。

“我上午先去学校周围几个公共厕所转转,

当然只能以男厕所的情况为参考。我接你出来吃午饭，顺道带你去上厕所。”

“那卫生巾你带着行吗？”

他冲我翻一个白眼，答应了。

中午他站在学校门口等我。

“你走路的姿势太吓人了。是想告诉全世界你用了卫生巾吗？”他撇着嘴说。

“有那么明显吗？”

“是的。两条腿劈着，非常不自然。”

初中余下的两年，每个月都有几天爸爸会到学校接我吃午饭。虽然很多时候是翻着白眼来的。

接下去的周日，姑姑带着她女儿和我逛了街。她给我挑了好几件内衣，还嘱咐要轻轻用手洗。我其实不太情愿，和背心比起来，胸罩真的是十分不舒服，有一种强烈的束缚感。姑姑说，现在不穿，以后胸会下垂，而下垂就不像年轻姑娘了，会非常显老。

我能感觉到爸爸面对我发育时的束手无策和慌乱。他没有经验，甚至也没有立场，一个没有血缘的父亲，面对一个来月经的别人的亲姑娘，进退两难。他吞吞吐吐地告诉我，血不能用热水洗，不然容易洗不掉；特殊时期不要吃凉的东西，不要剧烈运动，不然容易肚子疼。我不知道这是姑姑告诉他的，还是他自己偷着查的资料，只是永远忘不掉他极力掩饰难为情的神色。有一次，我坐在沙发上看了两集电视剧，起身离开时，他有些讽刺地瞧着我说："自己有什么病，自己不知道吗？"我回头看到沙发上隐隐约约的血渍，赶紧冲进卫生间换裤子。

时间久了,好像这个家从一开始就只有我们俩,一切自然而平衡,仿佛不曾缺少什么。我的文具和衣服都是最高档的,都是百货大楼里最新的款式,好像某种较劲,别人家孩子有的,爸爸都会买给我。甚至初中三年级,我们家买了当时非常尖端的电脑——奔腾486,我成了同学里第一批玩上《大富翁》的。周六,他还送我去学计算机,我至今记得几个WPS的命令,可惜好像一直也没派上过用场。有些时候,我觉得他简直有些过分小心翼翼,比如同学们常常会说起家长下班回来气不顺,和他们发一顿无名火,我却从来没有遇到过。他表达苦闷的方式就是默默喝酒,喝多了就睡了,没发过酒疯,那种隐忍克制仿佛某种程序,不会被轻易破解。而我,感到一种并未被当成自己人的失落。至亲之间,总要有胡搅蛮缠的瞬间,因为骨血相连，不会被拆散，所以不必顾及什么。

有时候我觉得他对我有些过度保护，比如他坚持接送我上学，即使偶尔出差把我送到姑姑家，也叮嘱姑姑接送我。比如他不喜欢我参加集体活动，总觉得一个老师管好几十个学生会有照顾不周的危险。有一年学校组织去市郊的飞机制造厂参观，他不想让我去，觉得来回两个多小时大巴不安全。

“破飞机零件有什么好看的啊？在家看电视不行吗？”

“你不是不愿意我看电视？”

“我现在愿意了。”

“大家都去，我想去，我要参加集体活动。”

“不去的话，我给你买一套新衣服，不低于三百元。”

三百元在那时绝不是一笔小数目，对于一个中学生诱惑算得上巨大。

“你知道我是班干部吧？”

“两套，不低于三百元。”

“你当年是这么跟我妈谈条件的吗？”

“她不值这么多。”

四

我十六岁那年，姥姥死了。她硬硬朗朗了六十多年，突然就患脑溢血去世了。邻居们都说她是不敢缠绵病榻，一双儿女都不在近旁，真得了卧床不起的病，怕是也无人照顾。她年近四十岁就开始守寡，可以说是忍辱负重，也可以说是独断专行地拉扯一双儿女。话说我妈那时候也快上高中了，正是叛逆期，姥姥却重男轻女，把节衣缩食的钱都投资在舅舅身上，所以母女俩多年来心有嫌隙。再加上她当初不同意我妈和刘雨刚，十几年后我妈又和刘雨刚跑了，她始终不肯原谅我妈。这也只是姥姥的一面之词，好像我妈一直十分忏悔，一心求得她原谅一样。在我看来，我妈根本不在乎她妈原不原谅她。她才不需要上有老下有小恶心她呢,她没妈也没女儿,她只有刘雨刚。

小时候我觉得姥姥挺看不上我的。我成绩一直好,她却总说女孩儿都是早慧,过几年就会被男孩儿追上。也不知道她说的男孩儿是指全部男孩儿,还是特指我舅舅家那个后进生。我和表弟每次起争执她都要拉偏架,义正词严搞出一些姐姐要让着弟弟、男孩儿小时候会格外好胜的歪理邪说。最精彩的是有一次我们动起手来,她竟然一把推开了我,怕我伤到表弟。那时候爸爸、妈妈、舅舅、舅妈都在,气氛让除了我姥姥的其他人都有些窘,四位家长都不知道该说点什么好,我记得舅妈冲我妈笑了笑,我妈也回以微笑,没一会儿大家就都各自抱起孩子起身告辞了。

我虽然年龄尚小,却对长辈的不友善的瞬间

记忆犹新，一提起姥姥，就想起她推开我的画面。其实我妈跑了之后她对我特别好，但我对那种充满歉疚的好都充满了警觉，仿佛那种好与我的自尊相抵触，让我感到非常不舒服。她会经常买几本不着四六的书送我，还会不自然地夸我聪明、漂亮。有时候她会推心置腹地给我讲一些人生哲理，可是听起来都没什么切实的意义。姥姥不仅对我心怀愧疚，对我爸更是时刻准备着道歉。以至于她谨小慎微的态度让我爸感到非常难堪，总是把我送去就找理由告辞。而我爸越是要走，我姥姥就越感到抱歉，两人的互动陷入恶性循环，我都能感到两人的狼狈。

我不知道姥姥知不知道我到底是谁的孩子。她肯定不知道我知道真相。这么惊悚的问题，我必然不敢问她。

“其实你姥姥是个好人。虽然重男轻女、没什么文化、没什么分寸、有点势利，但是大理儿上是个好人。”我爸曾经这么评价她。

“重男轻女、没什么文化、没什么分寸、有点势利，这听起来简直一无是处了！”我觉得这几个归纳倒是挺到位的。

“大是大非上有数。就比如她看我那眼神，全是对不住。”

“看你也接不住啊，你根本不敢看她。”

“我一看到那些所谓知情者对我的抱歉，就感到屈辱。”

“我姥姥倒是一直对你挺好的。我觉得她不怎么喜欢我妈，也不太看得上我，就对你这个女婿还挺满意。”

“可惜还是个假的。我就是说双簧前边抹着

白鼻子的家伙,发声的还是你爸,我只是在前边假装跟着动。”

“我说过一百次了，不要把那个人叫作我爸。”

那是秋天,北方的秋天特别短。那些高大的树,叶子却格外不结实,一阵风过,就稀里哗啦全掉下来了。树一秃,冬天就名正言顺地来了。姥姥好像瞅准了时辰，死在了那个转瞬即逝的秋天。踩在满地落叶上,咯吱咯吱的响声,好像姥姥平素那些没什么道理的絮叨。我发现自己非常想念她,想起她经常搽的花牌手油,我之前一直觉得那个气味太香了,却忽然很想再闻闻它。爸爸帮着舅舅操办了姥姥的葬礼,我觉得他完全有理由不参与,但是他被推进了一个逆来顺受大好人的轨道，不由自主去掺和那些让自己不痛快的事。

姑姑说，毕竟妈妈和舅舅都在外地，他如果不帮着张罗张罗，自己心里过不去。

我妈赶回来的时候，已经是葬礼过后的一个深夜。据说她去了香港旅游，联系不上。这个人就是这么神奇，把女儿扔给别的男人，妈妈去世时正在香港潇洒。

她好像也没特别伤感，至少第二天她出现在我面前时看起来。她对我露出一个谄媚而热烈的笑容，继而向我扑来。

四年来我第一次见她，说内心平静是假的，但也绝不是激动。我偷偷打量了她，如果再高个几厘米，再瘦个十几斤，才更像我记忆里的她。她好像变矮变胖了，也许是爸爸的讲述里不断强调她年轻时的动人美貌，让我的记忆也出现了偏差。

我下意识地躲了躲，她也警惕地在扑空前收了手，那个拥抱在即将成形时不了了之了。

“涵涵，想妈妈吗？”

我都不知道她怎么好意思问出口的。

“这位女士，你是出差了三天吗？问出这么撒娇的问题。”

“我也是没办法，我们那时候条件太差了，什么都没有规划，根本没法带你走的。带你走就是让你吃苦遭罪。”

“所以呢？你是因为心疼我才抛弃我的？你就宁可吃苦遭罪也要追求自己的爱情，把我扔给没有血缘的人，留下一张草稿一样的便条，就人间蒸发了？”

“你知道了？谁告诉你的？这个王八蛋为什么

要告诉你！”

“你有病吧！你骂谁王八蛋，我爸爸吗？阿姨，我警告你不要骂我爸爸，他是我唯一的亲人了。”

“你那么小，怎么可以告诉你这些！我以为他是个好人，他那么喜欢你，不会忍心伤害你的，我没想到他会和你说这些。都是妈妈不好，是妈妈做错了，妈妈应该带你一起走的，让妈妈弥补你吧，涵涵。妈妈现在就去和他说，妈妈带你走……”

她像电视剧里歇斯底里的被侮辱与被损害的妇女一样，边说边哭，语无伦次。如果不是从第一集开始看她这出大戏，还真以为她是受害者呢。

“我亲生妈妈都抛弃我，我有什么权利要求一个养父珍惜我！还要求他不伤害我，你伤害我们的时候怎么不问问你自己啊？”我挣脱了她的手，不想继续这个我埋怨她、她埋怨我爸的对话，“我不走，我和我爸爸相依为命。你回你的苟且之地吧，阿姨。”我已经学会了“苟且”另外的用法，并且活学活用在了合适的语境。

我本来应该到此为止，但是我忍不住号啕大哭。我与她一脉相承，用哭号回应着她的哭号。被命运吞噬的人，却一副要吞噬什么的姿势。我们两个都长着血盆大口，看起来一定非常丑陋。

五

据说我妈还真去找我爸兴师问罪了，她觉得我爸揭破真相是对她的报复。她不擅长反思自己，却敢于第一时间追究别人。仿佛把小女孩遗弃荒野，却回过头来责难收留孩子的人为何没早点赶到。我爸还轻描淡写地对我道了歉，他说他那天告诉我就后悔了，也确实是失去了理智，确实是心怀报复才口不择言的。

“我永远不会忘记那天的情景，也会永远记得自己说过的话，我不会离开你的，爸爸。”我在心里对他说。

很多年以后我还是没想清楚，他没有直接把我送回姥姥家是出于习惯还是同情，还是他自己也没想清楚。

他其实无儿无女，离了婚可以轻手利脚地再找一个，可是却好像全无这方面的心思，一副除了含辛茹苦把我抚养大别无所求的架势，一心一意演着现实版《搭错车》。苦情程度简直超越了《搭错车》，毕竟我其实还是情敌的女儿。

学业所迫，我每天忙得睡眠不足，他一天天上班、下班、买菜、做饭、画点画赚点外快，日子好像复制粘贴一般日复一日，根本没什么乐趣可言。他绝对有大块空白的时间谈个女朋友，但是却丝毫没有这方面的迹象。他当然也不会像电视剧里的慈父，说出什么“看着你慢慢长大就是我最大的乐趣”之类的感人宣言。他就是默默地活着，好像没什么不开心，但是隐约透着一股黯然。

“你真是为了我不找女朋友吗？”我忍不住

问。

“没有合适的。”

“有人喜欢你吗？”

“不多。”

“那就还是有呗。你为什么看不上人家？”

“不好看。”

“你还真是好色啊！都一把年纪了，二婚还要找好看的！”

很多时候我觉得我们的对话更像一种较劲，好像简单粗暴，又好像离真实无比遥远。爸爸真的依然执着于美人吗？遇到我妈那样一个不管不顾的蛇蝎美人，几乎直接摧毁了他的一生，他却还觉得美色是第一要义？那他还真是吃一百个豆都不嫌腥。

我转念又想，我是真诚地希望他开始下一段

感情生活吗？如果他谈了恋爱，顺利，要结婚，一个女的搬进我家，然后这屋檐下，我切实意义的后爸给我领来一个后妈，后妈还以为后爸是我亲爸，也许他们还会再生个孩子，他们才是骨血相连的一家人，姥姥也不在了，好像我最后的后路也被堵死了，真有那一天我该何去何从啊！

结果，有一天，他真领回来一个女人。我放学回家，看见桌上已经炒了三盘菜，一个女人系着围裙从厨房走出来，对我笑。那真是恍如隔世，那女的不是我奶奶，不是我姑姑，虽然全然不像，却让我想起了我妈妈。那是平凡家庭每天都发生的事，一个系着围裙在厨房的妈妈，我十二岁之后却只在梦里见过。

不只是全然不像，简直是截然相反：那女人矮而白胖，一头直发；妈妈高而黑瘦，最喜烫头。

上帝造人的时候一定用妈妈和那女人互相参照了，不然怎么可以背道而驰得如此极端。再加上她糟糕的化妆技巧，那张白脸真是和美搭不上什么关系。

“涵涵，这是牟阿姨。”爸爸一脸假笑地看着我。

我笑容可掬地叫了“牟阿姨”就看向餐桌。一盘烧茄子、一盘酱鸡翅、一条鱼，都是家常菜，但摆盘颇有讲究，尤其是那条鱼，还像饭店里一样在盘里放了一朵白萝卜雕出来的花。好像是鱼的追悼会，尸体旁边配白花。

“你们艺术馆搞雕刻的？”我小声说。

“闭嘴。”爸爸也小声说。

牟阿姨又做了一道拔丝红薯，说是专门为我做的，女孩儿都爱吃。这道菜还是有点难度的，连我姥姥都不是百分之百成功，搞出过吃起来一样但就是拔不出丝的版本。牟阿姨不知是出色发挥还是原就是零失误的高手，一盘拔丝红薯，块块能拔出老长的细丝，供我假装天真，掩饰不自在。

“你和你爸爸长得真像。”牟阿姨微笑地对我说。

我和爸爸相视一笑，好像认同着牟阿姨对我们父女外貌的归纳。爸爸迅速地朝我眨了一下眼，只有我们知道这笑容里藏着我们共同的秘密。

“不仅仅是长得像，说话的神态、举手投足简直一模一样。”牟阿姨作为房间里话最多、掌握情报最少的人，滔滔不绝。

“他们都说我们长得像。”我像是捣乱地配合着，心里却真感到一阵温暖。我希望真可以像他，希望朝夕相伴可以替代遗传，让我们变成一对一眼望去便是亲生骨肉的父女。

一顿饭，她轻声细语对我嘘寒问暖，还弄了一双公筷礼貌地为我夹菜，一种并不仅仅是出于认生的别扭弥漫全身。她好像面面俱到，真诚友善，但那张若有所思的脸和过于准确的动作又透着一种隔阂。一个非常不恰当的感觉——她像个太监，再温顺和阴柔，也有一种毫无女性魅力的男性气质。我很多年没有猛烈地想起妈妈了，那一晚，很多和她有关的画面涌入脑海——她教奶奶跳迪斯科，把录音机调到最大声，不顾奶奶的羞怯和厌烦一顿狂扭；她急三火四地冲进我的房间，大喊着：快换衣服，街角新开了一家锅烙店，咱们背着你爸去尝尝；她买西瓜人家多找给她五元，她捏着意外横财走了两条街，左思右想又给人送了回去；她看《渴望》边哭边骂刘慧芳，这女人有病，谁也救不了她，她自己有病……我必须承认，这个丧心病狂抛弃我的女人有超出常人的感染力，她不管不顾、欢快、幽默，有一种与生俱来的热情。只要她在家，各处都回荡着她制造出的各种响动，那时的家庭氛围与现在完全不同。

“你觉得牟阿姨怎么样？”晚上，爸爸问。

“萝卜花雕得不错，祖上是御膳房的吗？”

“我觉得她很纯洁。”

“你是一朝被蛇咬十年怕井绳吗？二婚不是要找大美人，就是要找完全不一样的，以纯洁为第一标准。”

我忽然意识到我爸好像还没走出我妈的阴影。他对女人的判断，我妈依然是一条隐隐的线，像她那么好看，或者干脆迥然不同。他还没有忽略她、忘掉她，他心里总有个隐隐的她。也包括我，那个牟阿姨真没什么不好的，她有可能贤惠、顾家、温文尔雅，而我对这个家女主人的认识是被妈妈定型的，所以我觉得正常的牟阿姨那么奇怪。

“说真的，你接受我和她交往吗？”爸爸继续问。

“哪儿找来的？简直如同定制一般，从头到脚和我妈南辕北辙！我无所谓。没给我留下什么深刻的印象，和大马路上任何一个稍微有点体面的人一样，嗯，她像一个工作人员，对，就是这个词，不知道干什么的，但肯定有工作，工作人员。你想和她好就和她好吧，好像不是多讨厌。我有什么权利反对啊，我一个寄人篱下的。你就是找个叔叔回来，我也会祝你幸福的。”

牟阿姨没有再出现过,我后来回想她做的鱼还挺好吃的,虽然煞有介事了点。奶奶说他俩肯定根本没谈过恋爱，是我爸随便领回家试探我的。可我觉得牟阿姨好像挺卖力表现的,不像一个随便搭戏的群众演员。

六

一晃我十九岁了，这中间我妈妈问过几次我要不要去南方和他们一起生活。我爸也问过几次，我确定他不是为了甩掉我这个包袱之后，就彻底拒绝了。我们俩过得挺好，虽然磕磕绊绊，也有些莫名其妙的冲突，但是感觉最大的挑战已经过去了，灾难也已经是虎头蛇尾的尾巴阶段。

听他自己说，他也和女人喝过咖啡，看过电影，只是最后都不了了之，他对异性能使出的全部勇气都用在追我妈顺道接纳我上了，现在只剩下把天聊散的能力，坐在一个女人对面，说着说着就无话可说了。喝完咖啡，默默无言；看完电影，面面相觑。

“你可以不说话，直接抓她手。”

“你以为我是你那个流氓亲爸呢！”

连我也哑口无言了，他果然具有让人不想再说话的能力。

这中间我倒是谈了一次比较走心的恋爱，高中同学，学习不好，长得帅。一起逃课，看过电影，放过风筝，也畅想过未来。当然，像我这样长大的孩子，肯定不是一头栽进去的懵懂少女，我知道我们成不了，我还小。但我也是真诚的，虽然带着扫兴的理智。

老师知道后按照惯例找了家长，见到是个负责的爸爸便更加苦口婆心；说是对我寄予了厚望，没想到高考前夕我会犯这么致命的错误。我心想我成绩也没有下降，不过就是正常的异性相吸，怎么就错误了？更谈不上致命！

我爸回到家竟然怒不可遏。

“只注意了你拿回来的成绩单，没想到你已经学坏！”

“我怎么学坏了？我卖淫了？不就是和男同学看个电影吗？”

“你听听，你高中都没毕业，就和男同学看电影，一副情理之中的样子。你的嘴脸非常丑陋，现在。你分得清你是干什么的吗？你是学生，不是流氓。你就应该好好学习，电影院就不是你该去的地方。”

“我给你考上好大学不就得了。”

“不行。你考上好大学是正常，你还得规规矩矩的。你不学好，考上哪儿也是没用！你可以收敛一点吗？我对你要求不十分严格，那是相信你自觉。我养你，是为你妈行个方便，不是要把你放任成女流氓报复她。麻烦你替我考虑考虑,没人知道你是遗传的堕落，都以为是我教唆你学坏呢!你还真来了上梁不正下梁歪的那一套!我不同意你谈恋爱,坚决不同意！”

“从我妈身上你看不出吗？家长喜欢的不一定行。家长不同意的,可能还过得不错！”

“你住口。”

“你又不是我亲爸爸。”我小声嘀咕。

“我是王八蛋！”他竟然听到了,暴怒地摔门而去。

“你他妈现在知道我不是你爸爸了，早干吗去了？”大概二十分钟之后,他在隔壁大喊。

我没敢接茬儿。我知道我说错话了,但是我也不太想道歉。

除了我小声嘀咕的那句之后,这样表面上看

起来通情达理，其实非常上纲上线的暴君训话，后来还发生了很多次。他总是能火眼金睛挑出我历任男朋友的缺点，毋庸置疑地指出，那个人配不上我。在他的认识里，我每段恋爱都是幼稚，是头脑一热，是自取其辱。

我记得有一次看综艺，一个男艺人说自己剪了难看的发型，着急让头发快点长，就会把避孕药磨成粉加在洗发水里，屡试不爽。当时我正急于留长发，就到药店买了避孕药加进了洗发水。本来没当个事儿，可是被爸爸发现垃圾桶里的避孕药包装，又是一顿大闹。他先是以为我吃了那药，近乎歇斯底里地呵斥我。我说我只是希望头发长得快点，在尝试偏方。他将信将疑，以自以为严峻的目光注视了我半天，试图通过对视检验我是否慌乱。发现我非常淡定之后，他如释重负，一丝好奇飞快地从他脸上掠过，又迅速变为严肃与恨铁不成钢。但是发现我没吃，只是洗头，声调明显变低了，估计训诫强度也比之前准备的有所下降。他批评我愚昧又大胆，说避孕药有各种副作用，虽然不吃，随着洗发水和头皮接触，谁知道对身体有没有伤害。训诫之余，他还雷厉风行地到卫生间把洗发水扔了。我其实还挺心疼的，毕竟避孕药也不便宜，还没怎么用，就被他给处理了。

他还偷听我和同学的电话，生怕我和男生搞出什么把持不住自己的亲密接触，重蹈我妈的覆辙。他没有明说，但他那紧张兮兮的样子，让我一眼看穿无谓的担忧。

我的高考志愿也和他冲突、拉锯了一阵。我想学英语，他认为英语只是工具，学别的专业也不耽误我好好学英语，我应该学法律、建筑，或者其他什么更像一个专业的专业；我想留在本地，他坚决认为我应该到北京、上海去读书，说大学不仅仅是学习，还有氛围，说我一定要去看看世界的磅礴和复杂，才能摆脱他们人生的局限。最后，我的第一志愿四个学校清一色报了北京、中文系。这是我们不断商量、彼此妥协的结果。

毫无意外，我被第一志愿录取了。仿佛人生的某种平衡，在学业上我不曾遭受什么挫折，带着"穷人的孩子早当家"的努力，我总在分数上得到丰厚的回报。学习也确实让我快乐，好像因为觉得这世界太复杂，我竟然真的有很旺盛的求知欲和好奇心。每每弄懂了一些稀奇古怪的难题，都让我异常兴奋。我那个被爸爸棒打鸳鸯的男朋友，勉强考上了本地的三本。成绩出来后，我们对彼此的未来都有了大方向的估量，便心有灵犀地疏远了。

七

去北京报到前的暑假，我妈盛情邀请我去她家住几天。之前的寒暑假，她也发出过类似的邀请，我都以冲刺高考学业为由拒绝了。也不是全然没动过心思，只是拒绝她给我带来了一种快感。多年前她抛弃我，如今我冷淡她。我不会可怜地等她回头，我已经把牙打掉咽进了肚子里，我要用我的拒绝和桀骜来惩戒她、提醒她：她是个道德有污点的人。

“我觉得你应该过去住几天。她毕竟是你妈妈。”我爸很有些深明大义地说。

“她抛弃我的时候，就应该预料到有这一天。我又不是卖火柴的小女孩，怎么会饥寒交迫等在原地！”

“她抛弃的主要是我。你只是暂时被留下，人家没说不接你。革命必然会有牺牲，委屈你一个，成全你亲爹亲妈，这点觉悟都没有吗？”

“凭什么？她走的时候连我名字都写错了！我恨她。”我竟然哭了。

“你都这么大了，不能用书本上简单的感情来面对世界。不是只有爱和恨这么简单，人人都有难处。你妈妈不是故意的，她做事就那样心不在焉，当时又那么匆忙，你又不是判卷老师，写个错字没必要揪住不放。她后来一直给我单位汇款，尤其是每年你生日前后，我都能收到钱。你想想他们在外边生活也不容易，她在尽自己所能，在经济上弥补你。”

“你要了吗，那些钱？不是都退回去了吗！咱们缺钱吗？”

“我没要，是因为早几年我也有气，而且确实咱们也不缺钱。如果，我是说如果，我下岗了，我们处在经济上的困境，她的钱可是能救命的。”

“没有如果。如果我们那么惨的话，我只会更恨她。”

“你马上要变成一个大人了，不能总用受害者的身份想问题。你小时候确实过早经历了一些人生的不公平，包括你妈，包括我，都给了你一些伤害。但是我希望这些不要影响到你对世界的判断。不管是和我，还是和任何人，都不要成为互相舔舐伤口的人。而且你不能要求你遇到的人和事都是标准的、正确的，谁也没有做错，所有人对你轻拿轻放。我不希望你把自己当成一个弱者，别人做错了，你也要有能力去宽恕和原谅。我培养出来的孩子，要襟怀广阔。”

“对别人太过仁慈，那就是对自己残忍。”

“她永远不能算是别人，她是你妈妈。”

爸爸似乎说完了，我们沉默了一会儿，他忽然摸了一下我的头。

“你缺什么吗？你妈妈虽然不在，但我觉得我做得可以，所以你应该是个健康的孩子。要上大学了，要有精神上的成长，别没事老想着惩罚别人，那样还有工夫想自己吗？去吧。回来我们去海边玩。”

于是第二天，我襟怀广阔地、以一个强者的姿态上了飞机。一睁眼，行李都被收拾好了。我确实受了那番话的触动，也觉得人活得这么高洁活该吃亏。

飞机上隔壁坐着一个严重鼻炎患者，好像呼

吸十分不通畅,几秒钟抽一次鼻子。一路被咝咝啦啦的抽鼻子声搅乱着思绪，好像什么都没有想,又觉得非常疲惫。

一出机场,就看到我妈在出口奋力朝我挥舞手臂,她依然动作夸张,看起来充满活力。我走近,见她身形没有多大变化,但当年的美艳已被生活撕扯得七零八落,原本肤色就黑,还不润,竟有了几分黑瘦老太的前兆。只有那生动劲儿一成不变,她大笑起来,眼角挤压出几条细碎的纹路,嘴里一颗虎牙也露了出来,一瞬间我觉得记忆里有过和这一模一样的画面,那种真实感让我不禁恍惚。

“你男人呢？不急于看看自己早年的作品吗？”我不知道为什么冷如冰霜的语调从嗓子里冒出来,人有时候不能完全操控自己,本能无处不在。

“爸爸在家等你，他犹豫了很长时间，还是觉得在家里等合适。”

“我有爸爸。我不会叫那个人爸爸的。正常人都只有一个爸爸，请别为难我。”

“涵涵，你不叫也可以的。但是对他别太刻薄好吗？”

“你记得我是哪个‘涵’吗？”

妈妈有些糊涂地看着我。算了，她根本不知道我在说什么。我要是斤斤计较，早活不下去了。

去她家的一路上，她嘴都没有停过，如同一个导游，尽力介绍着这座城市的景点和地标。这和我有什么关系，我又不是来旅游的。她那副自顾自说话的样子，让我觉得非常熟悉。纵使七年空白，我依然可以自如地想起当年她还在时的情景。

到门口的时候,我突然间却步,之前努力营造出的平静一扫而光。我将迈进的房子,原本是我理所当然的、亲子鉴定的家吧,爸爸妈妈都是医学上的如假包换。而我十九岁了,从未踏入过这个家门。

门陡然打开,一个六七岁的男孩儿向我扑来。一看就经过了动员、演习,训练有素的架势,让人想起领导来学校检查时门口那些挥动塑料花喊着“欢迎欢迎,热烈欢迎”的孩子。他是我弟弟,来之前已经被做过了心理建设,要有姐姐的样子,大人的心结,不能拿弟弟出气。对了,我忘了说,他们私奔的第二年春天,又生了一个孩子。也就是说,我妈抛弃我的时候已经怀孕了。多么完美,新的孩子已经来了,旧的还有什么可留恋。

她每一次都是怀着同一个男人的孩子奔向新生活的。刘雨刚优秀的繁殖能力也是让人佩服，不管在多么不合时宜的当口，他都能精准地入侵她，恶毒地发送一枚精子，变成我，变成弟弟，让他的女人以生育的方式和他建立紧密的羁绊。不被祝福的恋情，勾引有夫之妇，两次狗血的相遇，都以怀孕达到不得不有个转折的高潮。

“你叫什么名字？”我故作亲切地问。

“刘凯新。”

真难听。刘雨刚、刘凯新、张涵，听起来八竿子打不着，一点关系没有。我想起高中开学的第一天，老师点名，一个女孩叫刘涵。听到那个名字我心一惊，如果不是阴差阳错，我也应该是刘涵吧。

客厅不大，有一股贫贱夫妻百事哀的衰朽的

味道，廉价的空气净化液把那味道吞噬了，但是还残存了一点点，被我捕捉到了。

沙发上坐着一个没有必要描述外貌的男人。仔细想想他当时也就四十多岁，却有一种非常苍老的姿态。我不得不承认，我曾经无数次在想象中描画他的样子，这个DNA上的父亲，我对他没有正向的情感，却充满了好奇。我以为他一定非常健硕，或者习惯性带着吸引低级女性的邪魅狂狷的笑容；或者喷着廉价发胶，把头发弄得硬邦邦的自以为很帅；或者就算长得不济，也应该目露凶光，有个亡命徒的样子，可是他竟然就是个头发稀疏的中年人，看起来毫无兴风作浪拐跑别人老婆的能力。他强作慈祥状，却没有一张与之配套的平静的面目，一脸被生活苛待的生硬线条，可以想见平时骂骂咧咧的模样。也没有形体可言，发发糟糟，像一块学徒做出来的不成形的面包。我忽略了时光，我的想象里他一直是二三十岁和我妈反复纠缠的样子。而他现在，已经是个发福的隔壁老刘，一点不像流氓，简直有一种“樯橹灰飞烟灭”的幻灭感。

他站起来，犹豫了一下，竟然向我伸出了右手。然后我那个弟弟也冲过来对我伸出了手，我妈不知是热衷展示一家人的团队意识还是短路了，也过来和我握了握手。难道有记者吗？难道本次会晤要上新闻？竟然会出现一一握手的诡异画面。寻亲电视节目到了这个段落都会呼天抢地，而我们竟然像领导人会面般握起了手。撒手之后，又都有些不知所措，表现得近乎冷场。毕竟我们的主题不是失散和重逢那么简单。

他们的手都不热，也都有点湿，生命气息微

弱，散发着一家人的统一质感。我觉得我是个闯入者，摸了三条奄奄一息的搁浅的鱼。

“涵涵，别拘束，就像到自己家一样。”刘雨刚没有看我，声音不大地说。

听到他叫我涵涵，我一个激灵，涌起一股被陌生人无事献殷勤的不适。他的声音像是从鼻毛丛生的鼻孔里飘出来的，可怜巴巴，听着难受，让我想起初中时那个腿脚不太利索的生物老师。他的样貌、声音都让我反感，抛开前情，也不想相信这是我血缘上的父亲。

“就像到自己家一样”，这句待客的套话，用在这儿太准确太精彩了，简直是小说家也想不出的场景，可以分析出一百个微妙的意思。

相顾无言了一阵，还是我妈一惊一乍地带我参观了整套房子。两居室，比起我和爸爸现在的家，寒酸了太多。他们看起来像三个受害者，带着我参观他们并不宽裕的生活，我好像是代表我爸来访贫问苦的。所有关于奸夫淫妇的刻板印象轰然倒塌，一对私奔的男女，难道不该过得放纵糜烂、腐化堕落吗？可是他们竟然活成了一对可怜虫，像一对老实巴交、安分守己的中年夫妻。这就是妈妈背井离乡飞蛾扑火重新选择的生活吗？她应该早就追悔莫及了吧！这日子简直像一块嚼了一天的口香糖，无味到令人想吐。人有时候会产生非常上不了台面的小心思，某个瞬间，我脑中竟划过一丝庆幸：没有带着我一起跑，没把我拉进这拮据的生活，留我和我爸吃香的、喝辣的算捞着了。

餐桌上，妈妈对我异常热情，几乎指着每一道菜都说是特意为我做的。还有据说我最爱吃的爆炒鱿鱼，我有点模糊了，最近这些年都是爸爸做什么，我吃什么，我最爱吃的已经变成了番茄牛腩。按说，我重新吃到妈妈做的菜，应该瞬间被拉回童年的记忆。然而好像我的味蕾都失忆了，嘴里的味道那么陌生，像是正处在一个新开张的餐厅，迎面而来的都是新的刺激。对面坐着一个六七岁的男孩儿，上下唇迅速的碰撞表达出他的津津有味。这是属于他妈妈的味道，属于这个三口之家的味道，这套房子不大，却装满了他成长的印记，这里从未留下过我这个不速之客的蛛丝马迹。我，一个素未谋面的陌生姐姐，一个遥远而难缠的客人，一个他们复苏良心的安慰剂，他们一定早和他说好了，要对我好，对我笑，让我乘兴而归。

可能是房间的采光不太好，每个人的脸都很

黯淡，他们都是满面尘灰烟火色；也可能是错觉，我觉得他们都很累，连小小年纪的刘凯新的脸上也有疲于应付生活的沧桑。他长得像妈妈，眉眼浓重，鼻梁高挺。按照这个逻辑，我应该像刘雨刚，但是我不敢仔细看他，我希望他在我心里模糊着。

我们一家人整齐地坐在一起——不幸的是——已经太晚了。我与他们仿佛一个整体，却横亘着一道看不见的结界。尴尬的儿女双全，我比任何时刻都感到自己孤苦伶仃，我其实非常多余，我不应该被生下来，当初如果我妈把我做掉，老老实实等着刘雨刚回来，正常地结婚，生下刘凯新。而我爸也可以不出现在他们的故事里，他年轻时喜欢过她，然后她嫁给了一个流氓，他也许会难过一阵子，但是很快会过去，然后他会遇到一个真心喜欢他的女孩儿，有一个属于自己的孩子。这样两家人毫不相干，各过各的日子。只是这貌似完美的方案里，我消失了。我虽然很努力，也挺聪明，可我到底是个有点多余、给所有人埋下不幸悬念的孩子。好可惜！

晚上，妈妈底气不足地询问是否可以跟我一起睡。我拒绝了，不是多么恨，或者故意冷淡她，而是可以预见的窘迫让我没有和她亲热的勇气。况且，他们只有两间屋子，我和她一起睡，难道要睡在他们夫妇的大床上吗？我无法允许自己踏足那个男人的私人领地，不能坦然躺在他睡过的床上，我们之间必须有清晰的界限。

妈妈讪讪地走了，我理解她急于与我亲近的心，却也替她感到狼狈。如果我同意了，我们难道要互相搂着一秒睡去吗？如果不能马上入睡，要说些什么呢？只有些不咸不淡的话可说吧，如果真敞开心扉，哭一夜可能都是不够的。

我自然失眠了，躺在弟弟的单人床上，感到一种意念中的浑身瘙痒。妈妈说床单都是特意新换的，但我还是忍着抓狂钻进了被窝。睡在别人家的那种不适应席卷着我，即使我努力做到刘雨刚说的那样——像在自己家一样。他们一家三口挤在隔壁，以显而易见的低姿态表达着对我的歉意。我在这儿像个钦差大臣一样被敬着，却时刻体会着芒刺在背。我知道，此刻自己是不由分说的VIP，即使现在起身到他们房间去砸东西，那所谓的父母也并不敢呵斥我。可这可悲的VIP，是拿举目无亲换来的，我曾经被弃之如敝屣，曾经像一只旧拖鞋被轻易抛弃。不管是他们，还是我，都不知道如何拿捏那种假装亲昵的分寸,以显示我们可以忘了过去。

第二天傍晚，刘凯新坐在写字台前做数学题,据说为了迎接即将到来的小学生活,学前班都开始有作业了。我看见他的屁股在椅子上挪来蹭去,一会儿挠头一会儿吃手,压根儿无法沉下心五分钟。我竟有些优越地想起“蓬生麻中,不扶而直;白沙在涅,与之俱黑”。他大概不会太爱学习吧。

一个礼拜终于度日如年地结束了。临走时,妈妈把我拽进卫生间,塞给我一万元钱。那沓钱是连着号的新票,显示是特意准备的。她说那是她和刘雨刚的一点心意,让我上了大学买点可心的东西。我和她推搡了半天,彼此的手都有些红了。我觉得她好像要哭了,于是我的手软下来,把钱捏住了。

收下钱，她和刘雨刚战战兢兢把我送到机场，不知是否为这救赎团圆之旅的圆满结束长出一口气。我想象着他们回到家瘫倒在床上、终于不必再强打精神的松弛模样。不仅他们，其实我也是小心翼翼的，那个家好像很普通，却让我觉得每一个细节都不对劲。我们根本就不是一家人，都在克制自己容忍对方的奇怪，所谓对方，是指我和他们仨。十二岁时，我以为我会终生恨他们。直到一周前，我还非常鄙视他们。但是那一刻，我没办法统计出心里有多少个情绪，这对琐碎、邋遢、不敢招惹我的夫妻，我的价值观告诉我，他们是一对烂人，可是我竟产生了巨大的怜悯之情。但是我的愤怒还在，我感到胸口有一个冷风飕飕的窟窿，挤压着日久年深的寒气。

飞机慢慢滑行至跑道，我忽然发现自己在哼

歌——终于可以走了，我是一个幸存者，逃离了他们家。我打开前座靠背里塞着的杂志，我需要读一些字，不管内容是什么，我不想思考。

八

“你们家人怎么样？”爸爸问得平静，我却觉得听出了一丝幸灾乐祸。

“他们家就那样。”

“你觉得你长得像刘雨刚吗？”

“他真的特别丑。”

我好像在爸爸脸上看到一抹得意之色，但也可能是我想多了。谈起那家人时，我的心态变得十分复杂，有一种家丑不可外扬的羞于启齿。

“人家一家人和和美美的，你会有些不是滋味吧。毕竟这些年没有共同生活，你可能会觉得有点别扭。你上飞机她给我来了电话，说感觉你有些拘谨，说你真像是我的骨肉，和我一样又聪明又刻薄，说话不那么招人喜欢。”

“我觉得他们特别可怜，房子那么小，两个大人看起来孱弱、无能，孩子也就那样。”

“你这都是什么逻辑？听来听去都是物质生活不好、人长得不好看，你怎么这么势利？难道他们住大别墅，你就觉得自己吃亏了，应该早点去投奔？你所谓的优越感竟然是人家物质条件不如咱们？他们要是真过得那么不好，你妈怎么不回来啊？至少她真没你这么嫌贫爱富！”

“我嫌贫爱富也是你教育出来的。她也得有脸回来啊！我的优越感难道不是因为他们是一对地地道道的小人吗？”

“不要这么说你妈！我挺佩服她的。至少人家追求真爱的时候是真果断，敢顶着坏女人的名声。道德不是法律，并不是完全不能超越的，比如为了爱情。爱情让人一往无前。我后来仔细想了，我们可能一直挺貌合神离的，只是我当时不敢往深了想，不敢面对，一直在伪装某种其乐融融。你妈叽叽嘎嘎和我说的事，我都觉得没什么意思；我感兴趣的事，我也不会跟她说。别人送我两张画展的门票，她说我得请她吃顿好的，才肯陪我一起去。我一直回避我们精神世界的不匹配。我对她，既奉若神明又居高临下，我没有真正在乎她在想什么，觉得她只要美就足够了。你想想，那是十二年啊！她和我过了十二年，还是不计得失地和刘雨刚跑了。说明她舍得，她知道哪个更好！可能她和刘雨刚确实更合适，他们之间才有交流，才有真正的吸引和理解。”

“灵魂伴侣，是吧？他们哪有灵魂，他们就是被肉体左右的人。别反省了，都是受害者太爱自我反省,坏人才越来越猖獗的。”

“我说过，咱们别把自己放在受害者的角度想问题。你失去的永远不可能是全部。你妈很单纯，单纯的人有时候能更坦然地面对自己的内心,包括不好的企图。我当然也翻来覆去地恨过,但是我后来明白了，她吸引我的就是那份天真,她就不具备瞻前顾后、患得患失的能力。一个成年人，别人为了责任和你继续在一起是一种羞辱,我又不是不能自理,没理由不让她走啊。虽然听起来不太周全，但她有权利追求自己的爱情。你是以一个标准形象要求她的,含辛茹苦、克己复礼,但是这本来就是一个虚幻的、过于严格的标准。谁也不会得到教科书式的母爱。谁规定的妈妈一定要陪在身边？妈妈也有自己的选择,不能陪在你身边的妈妈也是妈妈。”

“我不是成年人！我不能自理！而且她追求的什么爱情，日子过得稀巴烂，还生个孩子叫凯新，是有多不开心，才要这么心理暗示！”

“你怎么知道人家不开心？没有很多钱，并不意味着不开心。人家守着自己的爱人，也许非常满足。其实我并不想听到她过得不好的消息。她可以走，但是刘雨刚毕竟我也认识，好像是差了点意思。”

“你刚不是说他们才有交流？”

“能交流的大有人在啊！不是我，也不该轮到刘雨刚，在能交流的人里，也能找到更好的。行了，咱俩别在这儿马后炮了，你妈自己不后悔就行了。一个没什么能耐的大美人，她根本不了解这个世界；或者说，没能耐的大美人都是人到中年不那么美了，才知道世界的本来面目的。不过你看,她看人也不是一直不准,至少她看准了我是一个好人——她坚定地相信我会善待她的心肝宝贝。”

“她哪有心肝？她这是不负责任。”

“她真没有心肝就好了。每一个你觉得草率的决定背后,都可能有撕心裂肺的煎熬。她快刀斩乱麻舍的是我,你始终是她的心病。你妈真不是坏人。你忘了,你小时候咱们家二楼老头儿养的猫把麻雀咬死了，你妈还带着你去安葬小麻雀,她挺善良的。”

“你的意思是她对我还没对那麻雀好呗？”

九

几天后我们就去海边玩了。我好像对海边并没有特别的感受，爸爸似乎对江河湖海情有独钟。十五岁时的“十一”国庆节和爸爸一起去杭州，长假的西湖边人山人海，游湖的船上黑压压全是人头。爸爸试探地问我是去排队还是再等等。我说你给我买个冰激凌，吃完咱俩回宾馆吧。

当然，我还是在作文里把西湖美景大书特书了一番，对着苏堤、白堤、雷峰塔一顿抒情。我一直挺擅长写作文的，有一套勇敢的修辞技巧。我记得唯一写得有点艰难的一次，是赶上作文题目是《我的妈妈》。

夏天的北戴河竟然不热，吃海鲜、玩水也算

是惬意的。我不会游泳,学了两次都以鬼哭狼嚎的喊叫告终。我坐在岸边看着水里的爸爸。他穿着我选的大花泳裤,看起来还是有些老了,肩膀和手臂都有点松弛,即使是背影,即使他不胖,依然和年轻人的紧致差异明显。

说好了第二天早晨去看日出,我们却默契地睡过了,他来敲我房门时已经八点多了,既然已经错过,就索性继续睡吧。如此恶性循环晚睡晚起了四天,吹吹海风吃吃海鲜,好像看不看日出也不那么重要。

书面语一般说海水是蔚蓝的,但是我觉得我看过的每一片海的颜色都不太一样,一滴滴近似透明的水汇在一起,组成了各种微妙的颜色。按照那种很肤浅的联想,爸爸喜欢海大概是他有大海般宽广博大的胸襟吧。爸爸的确比我更享受这次旅行，他说这也许是我们最后一次一起旅行了,我长大了,会有自己的朋友和世界。我觉得他有点煽情了,我们的日子还长着呢。

海滩上拿着拍立得相机的商贩吆喝着生意，十元一张。

“给你们爷儿俩来一张吧？”

于是我们来了一张。

“都不爱露牙,爷儿俩一模一样。”照相的一手交钱一手交货,不忘对我们拍照的表情即兴点评。

我看着照片，也觉得我和爸爸一模一样,并且想起了一个风马牛不相及的例子——《葫芦娃》。七娃被蛇精、蝎子精养大,所以不认爷爷和六个哥哥,被蛇精的三观操控了对世界的第一反应。这样比我就成了七娃,我爸就成了妖怪。

临走的最后一天，我挣扎着起来看了日出。爸爸以不容置疑的口吻要求我务必完成这项任务，说是要以一个温暖的日出结束我的毕业旅行。

睡眼惺忪地来到公园,比当年杭州的情形还吓人。天空没有几颗星,黑暗中,四处是只有轮廓、看不清面孔的人影,看来不辞劳苦也要逮住太阳上班的人还真是不少。我望向远处的大海,其实是一片隐约的深蓝。如果四下无人,可能还会有种寂静的美,可在百十来号人并不安静的注视下,我感到的只有焦躁和困倦。

当太阳像一个金色的气球蹿出海面时,我和爸爸异口同声地说:“好圆啊！”在周围激动的喊叫声中,我们竟然同时奇葩地先注意到了形状。

太阳桀骜、自带节奏地离开了大海,橘红色

的光一层层铺洒在海面上，那的确是不可思议的景象。仿佛的确是一种强大的明亮和希望，君临天下般战胜这残夜，是严格意义的光芒万丈。

很快天就亮了起来，几乎算得上不由分说。好像瞬间的痊愈，黑夜荡然无存。周围原本模糊的面孔清晰起来，在短暂的激动过后，大部分脸上浮现出倦怠，甚至有怅然若失的神色。我和爸爸静静地朝海边走去，轻微的浪打湿了小腿，我们有一搭无一搭地闲聊着。无外乎嘱咐我到了大学别和同宿舍的人太计较、花钱也不必太节省、学习可以适当放松但是要心里有数之类的。一只喜鹊飞过来，停在离我们大概五六米远的地方，它叽叽喳喳，两条细腿小范围来回溜达着，仿佛念念有词，把爸爸的良苦用心用鸟的语言重复了一遍。我们不敢贸然移动，怕喜鹊飞走。

爸爸忽然说:“我想吃咸鸭蛋。”

“你看日出的时候想的吧，我也想到了鸭蛋黄。”

十

我大学四年，谈了两个男朋友。爸爸支持我恋爱，一改高中时的严防死守，变成了青春岁月不花前月下着实可惜的开明嘴脸。然而他对我选的那两人都嗤之以鼻，他说一看就是没什么根基的东西，不值得托付。有一天他指着电视里播着的矿泉水广告问我，那个小伙子长得怎么样？我一看是王力宏。

“当然好看了。”

“要是他追你，你能甩了现在那小子吗？”

“能啊！王力宏当然行啊。”

“那我想想办法，看能不能联系到他。他叫什么？”

“王力宏！”

一度，他和他们艺术馆一个收集少数民族民歌的女人出双入对了一阵。那女人比我爸小九岁，也是离异。我爸屁颠屁颠陪她田野调查，也是相当投入。不过最后，女的着急结婚，软硬兼施，我爸忽然就嫌烦了。据说一个人独惯了，很难和另一个人再组装成一个统一思想、统一行动的整体。

大学毕业，我被保研了，只是把行李打包好，寄存到学姐的宿舍，等到开学再搬到研究生宿舍。原本大三时也想过毕业后要留在北京还是回家，如今继续上学的机会送到眼前，好像抉择就可以再拖三年。每每面对未来，我都思前想后，全然没有我妈的果敢。

本以为可以轻轻松松玩一个假期，还计划了

和本科的同学去旅行，可是又被我妈给搅和了。我上大学时有了手机，还是当年颇为流行的诺基亚蓝屏8250，我妈隔三岔五会给我发一些不痛不痒的短信，有些就是那种转来转去的段子，有些是只要敷衍便可回答的“注意身体”“要穿外套”一类的叮咛。在我常常莫名想哭的青春期，她一直缺席，我第一次来例假她不在，我的第一套内衣是姑姑给买的，我从一米三五长到一米六五，她不曾看见。我一米六五三年了，一夜不睡依然红光满面，二十岁出头，刚刚变成了一个大人，身体好到了人生的巅峰，她让我注意身体。雪中送炭的时候不见人，这锦上添花的关怀对我又能有什么意义？

她得了乳腺癌的消息是爸爸告诉我的。大概她缺乏通知我真正消息的勇气，奇怪的是她好意思告诉我爸爸。人有时候很神奇，吃柿子拣软的捏，一捏就敢捏一辈子。她觉得她对我无比亏欠，对爸爸却定性为不过是有点突兀的好合好散。

爸爸勒令我立马回家，坐第二天的飞机去看妈妈。不知是出于什么心理，他订了两张机票，和我一起去。

“你是去看笑话吗？”

“住口。”

我站在病房门口，不想进去。几乎已经确诊了，还有个小检查要做。

爸爸拉了拉我的衣角，我还是没动。他把我叫到楼梯间，没有说话，给了我一巴掌。我十二岁之后他第一次打我，也没有多疼。

然后我默默地跟着他进了病房。

妈妈已经垮掉了，她的眼角、法令纹、整个人都耷拉着，据说从来没感到过有什么不适，一发现却已经是晚期了。

刘雨刚和刘凯新都在，再加上我和爸爸，好像迅速勾勒了妈妈的一生。由于场合特殊，没有人表现出尴尬。妈妈吃力地朝我们笑了一下，我以前一直觉得她最让男人无法免疫的就是她的笑，特别完整，特别灿烂。而这个笑容很是勉强，几乎是哭的另一种表达方式。她还是不擅长掩饰情绪，绝望爬了满脸，有一种不会好了的气息。她的两任丈夫和两个孩子平和、友善地站在她旁边，仿佛她全部的爱和任性都已被接纳和原谅。可是她拿人之将死换来的，这看似和解的时刻，她只能靠在医院灰扑扑的枕头上，谁也无法真正体会她的疼痛、疲惫和孤独。

我当晚查了资料，网上说即使是晚期的乳腺

癌，也有人又活了十几二十年。化疗、放疗虽然要遭罪，却不是没有存活的希望。

然而一直咋咋呼呼的妈妈迅速地死掉了。我开学不到一个月，就请假奔赴她的城市，去参加了她的葬礼。医生说发现得太晚了，治疗方案刚定下来，就又发现了脑转移。她有时表现得很积极，说相信自己会战胜癌症；有时候又说太煎熬，想直接跳楼。呕吐、头晕，后来不断晕倒、神志不清，越来越嗜睡。据说在弥留之际，她不让刘雨刚给我打电话，说不想让我看到她不成人形的惨样，希望我记忆里一直是她年轻时的模样。

可是我还是看了她的遗体。在太平间冰冷的铁柜子里，她整个人变得干瘪而黄，好像头发也不似原先的黑亮，我不知这是人断气后的相同症状，还是癌症夺走了她发丝的光亮。在那个小格子里，她的脸如同戴了副失真的面具，是真正意义的死气沉沉。她好像一个陌生的大婶，筋疲力尽，僵硬又冰冷，不是我记忆里盛放的妈妈。那个被爸爸比作叶塞尼亚的女人，那个狠心抛弃我们去追求真爱的人，那个最炙热的人，就这么冷了，没有活过五十岁。

刘雨刚说，她的最后时刻曾经反反复复断断续续地说，要把连衣裙留给涵涵。他不知道说的是哪条连衣裙，也不确定这是她清醒时最后的托付，还是已经是意识模糊的胡话。他有些怯懦地看着我，说这段时间太忙了，等整理出来，如果有连衣裙，一定会给我。即使是这样悲伤的时刻，我们也忘不掉彼此的生疏。他在我心里始终是个扁平、混沌的形象，永远也无法立体、真切起来。

我也不知道什么连衣裙，是我十四岁同桌穿

的那条？还是十八岁忽然流行的那条？我都曾默默希冀，却没有对任何人提起。面对这个世界，我早已有了深深的自知之明。我张嘴爸爸会买给我，但是我知道我不该享受得那么仗义。

难道她知道欠了我多少条连衣裙吗？她已经死了，说这些又有什么意思。

她的葬礼非常热闹，我、我舅舅和舅妈，我们像外地的亲友团，被观摩和议论着。除了刘雨刚和刘凯新，我谁也不认识。那些可能是妈妈生前有着亲密关系的朋友、同事，与我毫不相干。我们是一对早已没有共同世界的、名义上的母女。我听见他们小声称呼我为"和前夫生的"，他们都搞错了，不是同母异父，我妈这辈子可忠贞了，她只为一个男人生过孩子！我觉得有点好笑，那个安详躺在棺材里，并不富裕又并不长寿的女人，看起来好像一事无成,却有着这么搞笑的秘密。她其实是个特工！一个打入我爸家内部,又全身而退的特工。

刘凯新眼睛像两个烂桃子,作为更名正言顺的孩子,他也并未被命运优待。他只有十一岁,就彻底成了丧母的孩子。比我当年还要小一岁。

爸爸也来了,他没有去参加葬礼。他说其实该送最后一程,但万一是添乱就没劲了。

我回到酒店的时候,他已经喝了不少。桌上一瓶古井贡酒,只剩三分之一了。

“我买了店里最贵的酒。清醒太难受了。”

“你觉得她是不是特别负疚？所以积郁成疾了？”我也喝了一口。

“我听过你和你男朋友打电话，你骗人的技巧和哄人的手腕都是一流的,和你妈一样。你还读了那么多书，不是自以为是，你是真行。你妈没什么文化，自负都建立在幼稚上，我挺喜欢她那种无知而富有主见的劲儿。她以为她弹无虚发，她其实都脱靶了。你是升级版，你更厉害。但是你们最大的短板就是，你们其实挺有良心的，你们绝对受折磨。你妈没得选，她真爱刘雨刚，你看刘雨刚看她的眼神，你必须承认，他们之间有爱情。她是为爱情跑的，她跑的时候肯定血脉贲张，可能还笑出了声。但是跑只是一个时刻，跑了之后，她会不断地想，不断地检讨自己对不起你，对不起我。她绝对受着良心的谴责。”

“我也是呀，我没有一天不在谴责她！我小时候好像诅咒过她得癌，可她真得癌了，我又特别后悔。”我哭了。

“不管她是不是骗了我，根本没喜欢过我，但是她是你妈妈，你小时候不睡觉整夜哭，她就整夜抱着你，腰都累坏了……她没有陪伴你整个童年，但是她始终爱你。”

“别人家妈妈不都这样嘛！你什么时候这么《艺术人生》范儿了？”

“我后悔没把你早点还给她，我觉得她过不去的主要是没陪着你。这事可能最折磨她。”

“你是懒得再恋爱，再生孩子吧，万一再被骗呢？我听说外国人好像喜欢这样，他们不介意孩子不是自己的，说不用自己忙活完还得等十个月了，来了个现成的，前人种树后人乘凉。”

“哎哟，你怎么这么愚昧啊，跟那《大清炮队》里的清朝老百姓似的，觉得外国人腿不会打弯！他们是懒啊还是傻啊？孩子都麻烦别人生？人都差不多，外国人也不是精神病，还是想要亲生的。”

“《大清炮队》？干吗的？”

“一部电影，刘晓庆演的，你小时候看过。”

“那你干吗不要个亲生的？”

“计划生育啊！再说不是装作你就是亲生的嘛！”

“那不计划生育，你要吗？”

“当然了。”

“那你对我和对他会一样好吗？”

“至少表面上一样。我也是有城府的。”

第二天我俩眼睛全肿了，我不知道我们聊到了几点、哭了多长时间、我爸又喝了多少。我失去了妈妈，他失去了唯一和他领过结婚证的女人。

十一

我博士二年级时，我爸得了癌症。

我周围的同学基本都是父母双全，我们好像根本没到要面对父母离世这件事的年纪。接连遭遇两个癌症，我真觉得自己是天选之人，二十几岁就一次次和命运短兵相接。

好在是早期胃癌，只要切除彻底，五年之后不复发，就算基本脱险了。

然而我爸和我妈表现出的绝望不同，他非常崩溃，以近乎亢奋的方式表达着自己的不甘心，用前所未有的反常释放出巨大的能量。

“别人女儿听说家长得了癌症都会号啕大哭，你竟然如此冷漠！因为我不是你亲爸爸对吧？

你这个孽障！”他手握病历对着我大喊。

“你很快会康复，你只要把手术做了，好好吃饭就会好的。”

“放屁！好好吃饭就会好的？癌症，你知道什么叫癌症吗？我得了癌症！”

“别人女儿知道，别人女儿号啕大哭，觉得得了癌症就肯定活不了了，对吗？我是博士，我比她们有文化。我可以负责地告诉你，你八成死不了！”

“我怎么早没看出来你是个白眼狼！”

“你现在到底需要什么？希望得到怜悯吗？因为我没有哭哭啼啼地同情你，让你感到不悦了吗？”

“没一个好东西。”他瞥了我一眼，健步如飞地走了。

这样的咆哮一直持续到他手术前一周。仿佛破罐破摔，他一改之前的彬彬有礼，以各种歇斯底里博取我的关注。他甚至无来由地对我大喊：“你为什么越长越像刘雨刚？”妈的，我要是真越长越像他，我也没有办法啊！比如他让我倒杯水，如果我十秒钟没有起身，他就会厉声指责，对我军事化要求，令行禁止。我都怀疑他是不是得了躁郁症，过几天胃癌割掉了，这个躁郁症可不是那么容易好治的。但是我也理解他，自小没和他分开过，奶奶说我性格像他。我们都是孤僻的人，用教养掩饰内心深处的喜怒无常。看起来很好相处，其实非常挑剔。如今，他怀疑大限将至，再不放飞自我，大概来不及了。

直到手术即将来临，他好像才认清形势地平静下来。他把存折和银行卡都找了出来，一一写下密码。

“万一我下不了手术台，你就都取出来存到自己名下,不要告诉男朋友。你奶奶需要钱的时候,你自己衡量着给,觉得超出承受力也可以拒绝。我要是下来了,你主动还给我,我还要挥霍!”

“哎呀,别一副金山银山的架势好吗?就这么点遗产也好意思交代吗?还是再多赚些一并给我比较拿得出手！”

手术预料之中的成功,我想起我高中的教导主任就得了胃癌,切了三分之一,休息了俩月就回来上班了，体罚逃课的男生时依然孔武有力。冥冥之中,我预感爸爸不会什么事都不顺,既然是早期被发现的,就该顺利被切除。

之后的寒假,我陪他去了法国和荷兰。他说他画了一辈子油画,却只是早年被组织去过一次意大利。欧洲那么多博物馆、美术馆都没有亲眼见过。他说，在画画上他没什么天赋，少年时有过狂热，工作以后就变成了讨生活的营生，如今都快以所谓画家的身份熬到退休了，还是要去看看真正的艺术。

然而整个旅行对我如同噩梦，如果说有什么比我妈不告而别对我刺激更大，那就是这次旅行了。他一路或是抱怨我订的酒店贵，或者嫌便宜的酒店小，每天吃早餐都要拿走一袋糖——理由是怕自己低血糖晕倒，以备不时之需，虽然他根本没有这个病。在卢浮宫、奥赛、橘园、蓬皮杜，他瞻仰大师之余不忘以眼神维持秩序——对大声喧哗的国人挨个儿投以不忿的目光。我订了红磨坊最前排的票，可以边吃晚餐边欣赏无上装的康康舞，这个号称喜欢劳特累克的家伙却在抱怨芦笋煎得难吃。在阿姆斯特丹，我问他，要不要来点大麻？在荷兰咖啡馆里吸大麻合法。他暴跳如雷，怒目金刚地瞪着我说："你太让我失望了！我辛辛苦苦培养你这么多年，到头来你还是个流氓，竟然说出这么无耻的话！"他的脸因愤怒而变形，像是已经偷偷吸完了。在海牙莫瑞泰斯皇家美术馆，他觉得一个外国老头儿插队了，企图用中文和人家理论理论。整个旅程，他身兼纪检委和纠风办，对我以及全世界的不文明现象展开了激烈的批判。我非常怀疑，医生把他长了肿瘤的胃切掉了一部分，是不是还顺道加了点什么。这个总是嘟嘟囔囔的人，真的是我爸爸吗？

矛盾在回程的飞机上达到巅峰。空姐来发水，他要了香槟，我不渴，就什么也没要。

"你怎么什么都没要？"

“我不渴。”

“你要一杯。”

“我不想要。”

“你要一杯，备在这儿，万一我要喝呢！”

这时候发水的车已经走到后一排了。

“人家问我要不要，我说我不要，现在要我追着去要吗？你渴了我再给你要呗，水随时都有。”

“你怎么这么做作？我不就是不懂外语嘛，让你要杯水，就这么费劲！我可真是不配给你当爸，也不能给你当爸了……”保守地说，我省略了三四百字吧。

我没接话，只是在心里说：不当拉倒。那时候我觉得自己没错，即使我应该对你感恩戴德，你让我不爽我也有权不配合。坦白说，我挺想要一杯水泼到他脸上的，就当养育之恩涌泉相报吧。

十二

并没有什么涌泉相报的机会。四年后,胃癌没有复发,爸爸死于酗酒过度引发的心脏病。

毫无预兆,没有留下只言片语。他去世的那晚,我正在看话剧《恋爱的犀牛》。已经是换过多少轮演员的老戏了,起初我迷恋那文艺而美的台词,后来我忽然觉得马路像爸爸。我坐在剧场里哭了。我不知道具体在哪个瞬间他不在了。

整理他的遗物。他的衣柜里一切按颜色分类,整整齐齐,像他自律、克制、单调的人生般一目了然,没有冗余。这个家已经二十几年没有个女主人了,我始终是个四体不勤的小崽子,里里外外都是他一个人操持。

我想起我们唯一的一次出国旅行。在蒙马特高地的小丘广场,他看着一群热闹的肖像画师在做游客的生意,不无自嘲地说:“我要是在这儿摆个摊,不知道能不能开张。”还有他执意要去的拉雪兹神父公墓,要去看埋葬着肖邦、王尔德、巴尔扎克的地方。由于看不懂园区地图,我们原计划两小时的公墓拜谒之旅变成了一个上午。在顺利找到了莫里哀之后,我彻底迷路。这里虽然有众多的名人墓地,却埋葬着更多普通人。细想有点滑稽,为了寻找名人,我们在普通人的墓园焦急地穿梭,好像即使死也有明显的区别。终于找到了王尔德,我曾在电影里见过他的墓碑。斯芬克斯的雕塑,被密密麻麻的唇印包裹。据说有一位女士情不自禁亲吻了他的墓碑,然后全世界的人都受了启发,要把香吻献给王尔德。过剩的爱总会变成一种负担，饱含深情的口红腐蚀了他的墓碑，花了九千欧元清洗、修复后，墓园决定用玻璃挡板隔离了墓碑。他贫病交加、寂寥地死在巴黎拉丁区一个小酒店里，死后迎接着四面八方的一往情深，好不荒诞。面对着已被修整干净的墓碑，我想起他说过："人生是一件蠢事接着另一件蠢事，爱情则是两个蠢东西追来追去。"这话简直是特意对我爸说的。他还说："二十年的浪漫使一个女人看起来像一座废墟，二十年的婚姻使她像一座公共建筑之类的东西。"这句好像为我妈准备的，和刘雨刚二十多年的孽缘，两段加起来二十多年的婚姻，她既像一座废墟，又好像是一座公共建筑的废墟，那场浪漫的私奔最后也不过是一桩柴米油盐的婚姻。

告别王尔德，我继续抓狂地面对地图寻找肖

邦。沿路我看到一个中年女人手扶墓碑默默流泪，对于我们这可能是个庄严的景点，对于她却是长眠着亲人、生死两隔的地方。那段时间热爱气急败坏的爸爸却平静地走着。他默默地看着一座座墓碑,感慨着这个墓碑好美,那个逝者太过年轻。我一边不信邪地研究着公墓的地图,一边等他,却见他在一座墓碑下驼着背、一动不动。看名字,那墓属于一个女孩儿,生卒年份相减的数字仅仅是七。墓碑上的雕刻是一双手,展开的手像一双翅膀,轻轻托着一颗蓝色的珠子。难道法文里也有“掌上明珠”这个词？我看了一眼爸爸,他已经泪如雨下。

我意识到自己是个无赖,一直有多么自私和放肆,在他那么脆弱无助的时刻,我却全无体恤之心,要求他永远温和得体。而我,这个来路诡异、假冒伪劣的私生子，却一直心安理得地做着他的掌上明珠。我一直记得我妈欠我的，却选择性地忘了我欠我爸的。我竟然从没有认真想过，作为负心人留下的野孩子，他是以怎样的胸怀对我呵护备至，我哪来的底气对得了癌症的他挑三拣四。他默默消化了爱恨情仇，我却要求他时时刻刻保持优雅，即使和死神擦肩，也不能有一丝松懈。许多年前，我说“我会为你养老的”，结果我有恃无恐啃老读到博士，不曾有过经济上的担忧；我大学离家后，只在寒暑假短暂地回去。十几年他孤零零一个人，告诉我要襟怀广阔，而我心里只有自己，近之则不逊，远之则怨。他先是被我妈扔在半路，又被我渐渐忽略。我们真是一对背信弃义、赶尽杀绝的母女，我曾经轻蔑她的利己，却终于发觉我们如此相像。我好像看到了遗传的力量，我到底是我妈和刘雨刚亲生的，别人对我的好照单全收，别人稍微自我一点，我立马翻脸，我的基因里带着遗传的缺陷——自私、冷酷。我一直以为，父女一场，我给予爸爸的是克制着的深情，而其实我只是一只白眼狼。爸爸的整个人生被我、我妈，还有这不讲道理的生活彻底围剿。他原本可以丰富辽阔地生活，却被我们紧紧禁锢，变得可以轻易概括——一个沉默的好人。多少次泣不成声也遮掩不了我的无耻。但愿有来生，我们能做一对名副其实、血脉相连的真正的父女。愿他那时可以长寿，给我机会报以搀扶和陪伴。

虽然那个提供精子、血浓于水的刘雨刚还依然安康，可是我心里空茫一片，切实地感到双亲死去溃不成军的悲恸。从此，我是一个彻头彻尾的孤儿了。

创作谈

有一对父女

作者 马小淘

几年前，我和一个朋友说起过这个小说的开头。她非常机灵地抢答了:然后他们相爱了对吧?我翻了个白眼,回答她没有,就不想继续讲了。好像很多人对女作家的期许和鄙夷就是不管年龄、阶级、趣味，只要是一男一女，就安排他们相爱。相爱了就好办了，因为爱情超越一切,其他一切就不用写了。

朋友抢答失败了，我要写的不是不伦,我要写的是所谓骨肉亲情,有时候不仅仅缘自血缘。说起来，在心里反复琢磨这个故事有几年了，一直没写不是因为慎重，好像更多是因为懒。但是我一直没忘掉它,并且慢慢积累了好多细节。

今年夏天,这个小说已经交稿了。我的姥爷、姥姥在一个月内相继去世。在两场葬礼过后,我的难过有明显的区别。我总觉得我姥姥不是特别喜欢我，想到这些年的相处，总是她在纠正我、讽刺我、有点阴阳怪气地怀疑我,或者非常敷衍地夸我。当然，我并没有受到过什么虐待或者冷暴力,我只是敏感地感觉到,姥姥对我不是十分满意,她更偏爱表弟。

姥爷和她相反，在三个孙辈之中，他格外偏爱我，晚年卧病在床，别人给他买的东西他总是挑挑拣拣，凡是我拿回去的东西，他总觉得是最好的。面对他们的离开，我都是难过的，但是好像格外接受不了姥爷就这么走了。一想到他们，我脑子里都是我和我姥爷亲密无间的瞬间。我一直觉得，人与人的羁绊，不是血缘或者人伦这些规定好的东西，而是更真切的日积月累的相处，甚至是有些微妙、无端的喜欢和不喜欢。

一个朋友说这个故事不可能发生，没有人愿意给背叛自己的人养孩子。我稍微迟疑了一下，但我想文学不是再现每天都在发生的事情，而是构建看似不可能的人物和情感，并且想办法让读者相信。所以我试图写一对没有血缘关系的父女相依为命，总结起来就很像晚会串词:不是亲人,胜似亲人。我个人不是十分喜欢老实巴交的温情脉脉，我觉得很多深挚的情感其实埋伏在坚硬、淡定的日常里,这也是一种含蓄。所以我赋予这对父女某种属于他们自己的有点冷硬的表达方式,写着写着,这水浓于血,把我自己感动了。然后,我想起读大学时,我坐在小礼堂第三排看表演系的汇报演出。坐得近,可以清晰地看到女演员脸上的泪珠,她泪流满面地讲着台词,那个瞬间太尴尬了,因为她演得太差了,全场应该只有她自己哭了。创作者好像挺容易自我感动的,感动自己有时候也是很可疑的。我又读了几遍,挑出好多错别字,但是依然觉得有点动人。希望我不是那个满脸泪痕的女演员。

创作谈是一种解释,我一直想做一个挺酷的人,所以不想对自己做过的事解释太多了。如果小说真的不行,解释也没什么用吧。